te quiero
en todos
los idiomas

*hay veces en las que queremos decirle a alguien
todo lo que le queremos pero no encontramos ni la
forma, ni el lugar, ni el momento.*

*solemos ser montañas de inseguridades y nervios,
a la misma vez que tenemos la cabeza llena de cosas
bonitas y la tripa repleta de hormigueos.*

*se le puede decir "te quiero" a alguien con un
simple mensaje de "buenos días" después de que
esa persona haya tenido un mal día, con una
llamada inesperada, con un abrazo por la espalda,
con un beso en la frente, con un "avísame cuando
llegues a casa".*

*un día pensé en cómo se diría en todos los idiomas
del mundo, en si sonaría más dulce o más amargo...
y busqué una causa para cada uno:*

*- "te quiero, por todos los momentos vividos a tu
lado, por eso tú y ninguna otra persona"*

*- "te quiero, por el calor de tu aliento en cada
invierno"*

*todas las causas por las que se puede y se debe
querer a una persona, porque querer es algo bonito
que ni marchita, ni golpea, ni duele.
es algo que solo cura, que solo acaricia
y nunca te deja solo.*

Notas

TI AMO

(Italiano)

porque contigo
me siento libre.

siento que puedo
acariciar el cielo con los dedos
y siento que la felicidad
es algo que se puede tocar,
que huele a tu perfume,
que sabe a tus labios
y que acaricia con tus manos.

por eso cuando estoy triste
me apoyo en ti
y se me pasa.

porque cuando
se me abren las heridas
tú me las cierras.

JE T'AIME

(francés)

lo hago cada vez
que te echo de menos,
cada vez
que te digo que me avises
cuando llegues a casa,
cada vez que te digo:
que sonrías,
    que seas fuerte,
        que te cuides,
           que luches,
              que no te rindas.

cada vez que te digo
lo que me recuerda
a ti:
    una canción,
        una película,
    o cualquier cosa que sé que
    te gustaría.

te quiero cada vez
que te abrazo inesperadamente
y soy el último
en soltarte.

cada vez que te doy
los buenos días
y las buenas noches.

te quiero cada vez
que cierro los ojos
y nos imagino:
juntos,
  de viaje,
     dormidos,
       riendo a la vez,
           creciendo
            felices,

         soñando
         despiertos.

EU TE AMO

(portugués)

porque me haces ser
mejor persona
sacando lo mejor de mí.
porque ves en mí
lo que nadie ve
porque me cuidas,
      me proteges.

eres ese ánimo
que siempre necesité
y que nunca tuve.

porque cada vez
que me caigo al suelo
me recoges.

porque sabes hacerme reír
hasta tal punto
que me olvido de mis problemas.

por la compañía,
por agarrarme de la mano
y no querer soltarme
      por eso
         te quiero.

OBICHAM TE

(búlgaro)

te quiero
porque gracias a ti
me di cuenta
de lo increíble que era.

tu forma de mirarme...
me diste un valor increíble,
ni siquiera yo
sabía que valía tanto.

TE IUBESC MULT

(rumano)

te quiero
porque contigo
el invierno,
es el mejor
    de los veranos.

ICH LIEBE DICH

(alemán)

cada vez
que tengo un día malo.
eres capaz
de robarme de la boca
una sonrisa
con un mensaje
    un abrazo
        o un beso.

KOCHAM CIE

(polaco)

te quiero
porque me haces feliz
con el simple hecho
de estar.

T'ESTIMO

(catalán)

te quiero
porque de tu mano
nada me duele.

我愛你

(chino)

```
recuerdo
las malas rachas
que superé a tu lado
y todas las veces
que me ayudaste
a levantarme.

por eso,
te elegí a ti
por encima del resto.
```

I LOVE YOU

(inglés)

te quiero
porque es maravilloso
ver pasar
la vida contigo.

VOLIM TE

(croata)

me sé de memoria
todas las canciones
que hicimos nuestras
a veces, a solas
en la ducha
las tarareo
    y las canto.

SZERETLEK

(húngaro)

por esas tardes
que debieron ser eternas.

MILUJI TE

(checo)

sé que eres tú
por los nervios
en la tripa
   cinco minutos
     antes de verte.

Я цябе кахаю

(bielorruso)

```
te quiero
por esos abrazos
que me das sin motivo
cuando menos me lo espero.
```

YES SIRUM YEM K'EZ

(armenio)

cuando no estás
tengo un agujero
en la tripa.

me falta
una pieza del puzzle.

una mitad de mí.

MAITE ZAITUT

(euskera)

te quiero
porque me puedo
dejar caer de espaldas
cerrando los ojos
sabiendo que tú
me sujetas.

MA ARMASTAN SIND

(estonio)

en este desierto
que tengo por corazón
eres un charco
de agua dulce.

愛しています

(japonés)

te quiero
por ser capaz
 de serlo todo:

mi amistad, mi familia
mi placer, mi sonrisa
y mi amor.

EGO AMO TE

(latín)

porque eres
todo lo que siempre
busqué en una persona,
me haces quererme
cada vez más.

אני אוהב אותך

(hebreo)

te quiero
cuando no puedo dormir
y recuerdo tu voz
cerca de mi oído,
diciéndome que soy la persona
más especial para ti.

yo te respondo
que tú también lo eres.
cerrando los ojos
e imaginándote a mi lado
entre caricias
    y besos en los labios.

Σ 'αγαπώ

(griego)

```
te quiero
porque noto
que mi corazón crece
cuando te veo reír
delante de mí.
```

Amor nº1

-

no sé responder cuando me preguntan cuánto la quise, tampoco desde cuando...

quizás porque no puedo calcularlo todo de lo grande que es o porque no sabría poner un ejemplo.

lo único que sé es cuándo me di cuenta de que me había enamorado y fue en los dos años en los que dejé de verla. dejé de verla durante dos años, no sabía absolutamente nada de ella, desapareció completamente de nuestras vidas y yo a veces me preguntaba: ¿estará bien? y si ¿le ha ocurrido algo? y si ¿necesita ayuda, está pasando por un mal momento o alguien le ha hecho daño?

todas esas preguntas recorrían mi cabeza sin parar cada vez que veía una foto suya o alguien hablaba de ella. preguntaba a sus vecinos, a diestro y siniestro si la habían visto, si seguía como siempre: tan bien vestida, tan seria, tan firme y tan natural.

la conocí en los pasillos del instituto cuando estudiábamos juntos y es cierto que al principio no me llamaba mucho la atención. era una chica normal, humilde que tampoco destacaba físicamente entre las demás,

una chica de a pie con sus rasgos marcados del este de Europa, la piel muy blanca, la seriedad, el frío...

según fuimos hablando poco a poco la fui conociendo en cuanto a lo personal y observaba sus gestos, su manera de esforzarse por las cosas, su actitud de lucha y me empezó a parecer una chica especial. también había algo que me inquietaba un poco y era que no la veía tan feliz como a las demás. a pesar de que sonriese de vez en cuando, me di cuenta que algo le faltaba y nunca llegué a saber el que...

tuvimos una pequeña amistad, más virtual que física en la que yo era un pre adolescente patoso y lleno de prejuicios. nunca supe cómo actuar con ella entonces decidí desnudarme, ser yo mismo, y mostrarle la parte de mí que nunca nadie había visto.

mi parte más sincera y más pura.

pero ella no me creyó, pensaba que yo no podía ser una persona con sentimientos tan fuertes, que era todo mentira para conseguir algo a cambio... y fíjate han pasado ya 6 años y todavía cierro los ojos, me acuerdo de ella y me resbala una lágrima por el ojo izquierdo.

todavía me acuerdo de cada conversación nuestra, de cada sonrisa que me sacó. las tengo guardadas todas y cuando estoy destrozado las saco y me visto con ellas.

todavía tengo nervios en la tripa cada vez que salgo a la calle por si nos cruzamos...

me he dado cuenta que la vida da muchas vueltas.

yo, de esta historia aprendí que hay que apreciar a las personas cuando las tienes cerca. abrazarlas lo más fuerte posible y decirles todo lo que les quieras decir. porque puede que no las vuelvas a ver y te toque recordar cómo eran.

yo recuerdo su voz, su acento al leer en alto en clase, su manera de caminar, y la cara que ponía al fingir enfadarse.

nunca voy a querer a otra persona como he querido a esta, ha sido la persona más importante de mi vida porque gracias a ella aprendí a quererme

31

esta historia me hizo abrir los ojos y darme cuenta que la vida es así, que no todo va a salir siempre como queremos y que hay que aceptar lo que nos ocurra.

hay personas que llegarán a tu vida solamente para ser un aprendizaje y un recuerdo, a la misma vez con la que se quedan con la mejor parte de tu corazón.

la quise
  la querré
    y la quiero

en todos los idiomas.

ALOHA AU IA 'OE

(hawaiano)

me encanta
cómo me miras
y cómo hueles.

RAKASTAN SINUA

(finlandés)

te quiero
porque nunca dejas
que me olvide de mí.

MI AMAS VIN

(esperanto)

porque tengo
la necesidad
de estar cerca de ti
    todo el día
        todos los días.

ញុំស្រឡាញ់អ្នក

(camboyano)

```
te quiero
porque contigo
no me da miedo
ser yo.
```

TI TENGU CARU

(corso)

te quiero
porque sacas
mi mejor parte.

TE QUIERO

(español)

me arrancas
una sonrisa de la boca
cada vez que me miras,
    cada vez que me hablas.

cuando más lo necesité
apareciste en mi vida.
sin querer
como quien no llama
a la puerta
y entra en la vida de alguien
sin permiso.

cuando la soledad
me apretaba el cuello:
me agarraste de la mano
y paseaste junto a mí
por eso,
tienes este lugar tan bonito
en mi vida,
    en mi corazón.
un lugar que nunca nadie
        te va a poder quitar.

te quiero.
por ser compañía,
  por ser felicidad
y depositar
tu confianza en mí
        cuando nadie más lo hizo.

por dejarme protegerme del frío,
por apoyarte en mí.

todas esas cosas
me llenan por dentro
y no sabes hasta qué punto.

cambiaste mi vida
de un día para otro
cuando era una persona
        triste y hundida.

te debo mucho,
no sabes cuánto.

ojalá
me eches tanto de menos
como yo a ti
porque esto que tengo dentro
es increíble.

gracias
   por darme
      la mejor parte de ti.

:te quiero

IK HÂLD FAN DY

(frisio)

gracias
por arrancarme
la tristeza de golpe.

те сакам

(macedonio)

```
me cuidas
con mucho cuidado
para que no me rompa,
   me sujetas con las dos manos
   y aprietas fuerte
     para que nunca me pase nada.


     por eso
```

ECH HUNN DECH GÄR

(luxemburgués)

te quiero
por la persona tan única
y tan especial
que siempre
  me has hecho sentirme.

사랑해

(coreano)

con nadie
me corro tanto
como contigo.

por esa confianza
que tenemos a la hora
de decirnos cosas al oído.

por la manera
en la que sabemos mezclar
el placer
        y el daño.
   el sexo tan sucio
      que tenemos en silencio.

por eso,
solamente contigo.

        por eso,
          te quiero.

INHOBBOK

(maltés)

por todas
las oportunidades
que me diste sin merecerme.

MO NIFE RE

(yoruba)

por todas
las cosas que nunca
me atreví
a hacer con nadie
y sí
   contigo.

ÉG ELSKA PIG

(islandés)

porque
cuando fuera hace frío,
nos metemos entre las sabanas
haciendo un verano
  sin parar de sudar
     hasta quedarnos dormidos.

دارم دوستت

(persa)

```
por ser
mi abrigo
en cada invierno.
```

Amor nº2

-

una tarde de verano quedé para verme con una chica justo detrás de mi casa.

puedo recordar el primer beso en sus labios, la magia, la conexión. era de esas personas con las que parece que ya te conoces de otra vida, con las que parece que ya te has visto antes...

nos sentamos en un banco y yo llegué bastante tarde, hacía un día precioso y sus ojos también eran preciosos. me gustaba mucho mirarla fijamente, me transmitía mucha paz, mucha tranquilidad, parecía que con la mirada me estaba diciendo que a su lado todo iba a salir bien.

fue una tarde adolescente de besos a escondidas de la gente, sudor de verano, un atardecer cualquiera, ya sabes... vacaciones.

ese mismo día por la noche me invitó a su casa mientras sus padres dormían. su casa era grande por lo tanto no se escuchaban los ruidos de una planta a la otra. en la planta de abajo follamos por primera vez, en un sofá bastante grande en el que cabíamos los dos a gusto. nuestra primera vez fue no muy larga pero tampoco corta, y no fue ni tan bonita ni tan sucia, fue algo normal, lo más sencillo que te puedas imaginar...

nunca me imaginé que esa persona iba formar parte de mi vida durante tantos años: sexo en todos los lugares, risas muy fuertes, discusiones también, celos, vacíos.. vamos que parecíamos una pareja pero sin serlo, en el fondo ambos queríamos pero creo que teníamos miedo el uno del otro, más yo de ella que ella de mí..

ella me quiso como ninguna, y lo notaba en sus abrazos. lo notaba cuando llegaba la hora de irme a casa y veía su cara de tristeza. como si tuviese miedo de no volverme a ver.

con ella tuve los momentos más divertidos de mi vida en pareja, me encantaba como me daba besos en la frente, los insultos durante el sexo, toda la adrenalina junto a ella, el apoyo, el ánimo que me daba..

al fin y al cabo, esas son las cosas que más importan en la relación con una persona. todos necesitamos a una persona que nos ayude a levantarnos cuando nos caemos, alguien que nos diga que todo va a salir bien y yo la tenía a ella. me sujetaba las manos, me secaba las lágrimas y me curaba la borrachera.

fue una historia intensa y muy bonita. recuerdo todavía el frío en la habitación del hotel compartiendo la sábana. la cama llena de corrida, de fondo el olor a porro, el eco de los orgasmos todavía en el cuarto.

nunca nos olvidaremos el uno del otro.
por mucho que parezca que nos odiamos
debajo de nosotros hay un corazón que nos impide hacerlo

a ti

te quiero en todos los idiomas
aunque nunca te lo haya dicho
suponía que las cosas que se daban por hechas
no era necesario decirlas, por eso el silencio

ese silencio que hoy escribo
hoy brindo por todos los momentos vividos
por el amor bajando por la garganta
y por el casi hijo que no tuvimos
*   y que hubiese sido maravilloso.*

AKU TRESNO KARO KOWE

(javanés)

porque cuando te veo reír
todo se para:
los semáforos,
   las luces,
      y las calles.

INA SON KU

(hausa)

contigo
el tiempo se detiene
y todo brilla.
haces todo más bonito
todo más claro,
    todo más perfecto.

E AROHA ANA
AHAU KI A KOE

(maori)

te quiero
porque verte reír es vida
y yo contigo,
   soy vida también.

WAAN KU JECLAHAY

(somali)

me encanta cuando sonríes
al lado de mí
y cambias mis días tristes.

curas mis heridas
y me quitas la venda
de los ojos.

TIAKO IANAO

(malgache)

yo te tenderé la mano
desde cualquier parte del mundo.
de cualquier manera
te sacaré la risa,
de todas las maneras posibles
y cuando se agoten todas
inventaré nuevas.

porque
cuanto más feliz te veo
más feliz soy yo.

espero que lo entiendas.

NDINOKUDA

(shona)

porque eres
lo más importante
de mi vida.

ojalá
formar una familia
contigo.

मैं तुहानूं पिआर करदा हां

(panyabi)

eres vida
y a la vez
me la das.

    por eso
       te quiero.

ман туро дӯст медорам

(tayiko)

```
    te quiero
porque eres mi paz
en esta guerra.
```

LJUBIM TE

(esloveno)

recuerdo
nuestro primer día
todos los días.

   sobre todo
   cuando estoy triste.

      tú me haces feliz.

እወድሻለሁ

(amhárico)

porque
entre tus brazos
me siento como en casa.

puedo desnudarme
sin miedo
a que nadie me juzgue
ni me dañe.

estoy
a salvo.

لرم ﻣ ﯾﻨﻪ سره ﺗ ا زه

(pastún)

```
te quiero
porque aún conociendo
mis demonios
y mi peor parte
sigues sin querer cambiarme
y queriéndome
por lo que soy
      (y por lo que somos).
```

MILEUJEM T'A

(eslovaco)

el mundo
es más bonito
cuando me agarras
de la mano.

NDIMAKUKONDANI

(chichewa)

llegar a casa
        borrachos
y comernos
        a besos.

আমি তোমাকে ভালবাসি

(bengali)

```
te quiero
porque sabes
    hacerme feliz
de todas
las maneras posibles
y sobretodo
cuando más lo necesito.
```

TE CAMELO

(caló gitano)

me miras a los ojos
y vuelve a ser domingo.

esa forma
tan bonita de mirarme,
que hace
que me sienta especial
delante de ti.

 es lo que siempre
    he querido ser
y donde siempre
    he querido estar.

fíjate lo grande
que es el mundo
y cuantas personas
hay en él
que solamente
quiero estar contigo.

quiero pasear de tu mano
sin rumbo
caminar por la ciudad
y detenernos
        en cualquier lugar
que nos recuerde a nosotros,
a nuestra historia.

y que justo ahí
me abraces y me beses.

QUÉROTE MOITO

(gallego)

porque me acuerdo
de las caricias
al terminar de follar,
de dibujar un paisaje
con mis dedos en tu espalda,
de buscarte la sonrisa
para morderla,
de jugar bajo las sabanas
como niños pequeños
dejando fuera todos los
problemas.

todo es perfecto
dentro de nuestro mundo.

MWEN RENMEN OU ANPIL

(criollo haitiano)

te quiero
porque eres tú.

би та нарт хайртай

(mongol)

hay mil canciones
que hablan de ti
y de mí.
hablan de nosotros
de nuestros enfados
con un polvo de reconciliación,
que hablan de querernos
hasta el final
de agarrarnos de la mano
en los momentos difíciles
y no querer soltarnos.

Amor nº3

-

-prefiero quedarme con la idea de que éramos niños y no supimos apreciarnos, pienso.

pienso que eso será lo mejor porque duele mucho terminar así, dejándose de hablar después de todos los momentos de felicidad juntos.

recuerdo que mi primer beso de verdad fue con ella, mi primer beso con pasión, con aprecio y con cariño.

películas en común, mañanas en las que madrugaba para ir a darle los buenos días y meterme en su cama para hacer de ella una sauna llena de sudor y amor.

todavía me río cuando casi siempre nos pillaban sus padres, de las peleas tontas en el instituto, de nuestra foto que llevaba en la cartera. Los dos juntos, sonriendo, tan felices, el uno para el otro.

"desde cualquier parte del mundo, tu luna siempre será la misma que la mía" –recuerdo que esa era nuestra frase, a veces pienso qué hubiese sido de nosotros si hubiésemos puesto mucho más de nuestra parte. siempre digo que los amores de la infancia son los más reales porque cuando uno es niño, ama con el corazón, ama totalmente a ciegas, sin nada que influya en lo que siente.

me encantaba verme en sus ojos tan claros porque me veía feliz, ella también era feliz conmigo y se le notaba a kilómetros.

la cuidé mucho y estoy feliz de que aunque todo se terminase, ella se fuese con un buen recuerdo, con una buena sensación, con un buen amor.

yo, me quedo solamente con lo bueno: con los orgasmos, con las sonrisas en medio de cada beso, con su piel y con los momentos de paz cuando la miraba mientras dormía.

నేను నిన్ను ప్రేమిస్తున్నాను

(telugu)

me quedo contigo
porque sé que tú,
nunca me fallarás.

guardas mis secretos
bajo llave
al igual
que yo los tuyos.

SAYA SAYANG AWAK

(malayo)

te quiero
porque se me cae
el mundo
si te pasa algo

siempre
te quiero sonriendo
y con mucha vida

நான் உன்னை நேசிக்கிறேன்

(tamil)

```
cuando estamos juntos,
cierro los ojos
y me doy cuenta
de que la vida
    es maravillosa.
```

я люблю тебе

(ucraniano)

te quiero
porque me sale solo
y sin quererlo.

el amor es algo
que nace de forma natural
dentro de uno.

yo no elegí esto.

un día me miraste a los ojos
y dentro de mí
todo se removió,
no lo pude evitar.
conocí a muchas personas
después de ti
y no fueron suficientes.

intenté querer a muchas otras
después de ti
y tampoco fueron suficientes.

así que por fin
tiré la toalla
y acepté que la única persona
capaz de hacerme temblar
eres tú.

que la única persona
capaz de quitarme el sueño
eres tú.

me encantan
las vibraciones,
los vendavales y las olas.
tus ojos verdes
que son un bosque
del que nunca salgo,
una cárcel
en la que duermo a gusto.

te quiero
porque eres una luz
que ilumina
el camino de vuelta a casa
cuando todo está oscuro.

porque estoy orgulloso de ti
de en lo que te has convertido,
de lo grande que eres
y de las cosas que has superado.
cuando seamos viejos,
quiero que sepas
que me acordaré de ti,

le hablaré de ti a todas las
personas importantes de mi vida
con las lágrimas en los ojos:
lágrimas de felicidad,
lágrimas de que si pudiera
volver a nacer,
quisiera volver a compartir
camino contigo.

ojalá vivir para contarlo.

en todos
los idiomas del mundo
        a ti
        para siempre
            te quiero.

Amor nº4

-

dicen que la edad es un número y que el amor no
entiende de razas, de sexos, de religiones y por supuesto
tampoco de edades.
yo pensaba que todo eso era incierto hasta que un día
ella y yo nos cruzamos y mi corazón hizo el amago de
salírseme por la boca.

ella era y es mucho más mayor que yo, tenía y tiene su
vida hecha y era y es aparentemente feliz. pero yo en su
mirada también noté algo especial, una especie de
aprecio, algo diferente al resto que todavía no sabría
definirlo, tampoco me importa no saber definirlo o no
saber realmente qué es, me bastaba con ser diferente a
los demás (para ella)

me di cuenta que me importaba más de la cuenta
el día que la vi llorar y triste, yo me rompí a la misma
vez que ella, mi estado de ánimo bajó y busqué el
momento perfecto para quedarnos solos y abrazarla.
desearle suerte, darle mi apoyo
y mi amor.

dicen que las miradas hablan por sí solas, que los ojos
gritan todo lo que las palabras callan. hay personas que
por desgracia se cruzan en épocas equivocadas.
a lo mejor esos fuimos nosotros
    a lo mejor esos somos nosotros.

Poemas

1.

volver a aquella tarde de sol,
a esos momentos en los que realmente
no hiciste nada especial
y lo especial simplemente era la compañía,
la sinceridad del momento, la poca preocupación
y el olvido de todas las cosas tristes...

la felicidad podría ser algo parecido al recuerdo

volver a esa canción
que al principio no te gustaba
pero que al final se te terminó pegando
de tanto escucharla de la boca de esa persona,
volver a esa película que nunca
se terminó de ver
volver al sexo de después
tan sucio, tan original

la felicidad
podría ser algo parecido a eso.
por eso no es necesaria ni siquiera la compañía,
ya que muchas personas buscan en otras,
lo mismo que les llenaba de otras,
lo mismo que en su día a día les falta
y nunca van a poder volver a encontrar

al principio la película parece bonita,
el autoengaño funciona,
el clavo saca al otro clavo y piensan
que su vida está resuelta hasta tal punto
que se cruzan con esa persona con la que han
compartido tanto y se sienten fuertes,
actuando como si esos momentos tan emotivos
de repente no valiesen para nada
de repente fuesen asco
arcada
indiferencia.

pero cuando eso se termina
los ojos se abren y se dan cuenta
de que la soledad pesa mucho más
después del autoengaño,
después del error, después del ridículo.

el único amor real es en el que piensas mientras
duermes

con quien sueñas
con quien lloras
todo lo demás es ficción
teatro
espectáculo

por eso muchas veces satisface más
quedarse en casa
o pasar el día con buenos amigos
recordando todo lo bonito que has vivido,
dedicándote a la vez tiempo a ti mismo.
sonriendo por dentro y no haciendo daño
a personas que no se merecen ser tratadas
como segundo plato,
como una sustitución de esos alimentos
que ya no te puedes comer

a lo mejor la felicidad
solo es algo parecido al recuerdo

simplemente eso
no lo olvides.

2.

he conocido
a muchas personas importantes
para qué mentir
pero con ninguna
me he descubierto tanto a mí mismo
como lo he hecho contigo

3.

hay cosas en la vida
que nadie nos podrá quitar nunca
como esa canción
que nos saca una lágrima
como todos esos lugares
que hemos hecho nuestros

todas las personas
que pasan por nuestra vida
nos dejan algo
y al final somos
un trocito de cada una

es una sensación muy bonita la verdad
estar lleno de todas las personas
a las que quieres

4.

el tiempo pasa tan rápido
que ayer éramos niños y hoy somos mayores
hoy nos duele el corazón
cuando estamos encerrados y solos,
cuando nos falta ese abrazo de alguien,
ese amor esa compañía.

cuando la gente me pregunta
que por qué no vuelvo a hablar contigo.
es porque tengo que dejar atrás todo este daño,
todos estos puñales, esta enfermedad, este
infierno.

pero en realidad es lo único que quiero
ojalá se fueran todas esas personas
que sobran en mi vida
y solo estuvieses tú
para ser mi verdadero apoyo
en todo lo que me cuesta conseguir.

hace mucho que no nos vemos
pero a veces sueño contigo sin querer,
a veces escucho tu nombre en la calle,
a veces me preguntan por ti.

ayer éramos niños y…
ahora tengo los ojos llenos de lágrimas
porque tienes una casa construida aquí,
en la parte más pura y dulce de mi corazón.
en la que nadie más conoce.
y es un golpe saber
que para siempre estará vacía

porque lo mejor de mí
solamente es para ti
no es para nadie
que no seas tú

5.

a mí me bastaba con irnos de paseo
y poder ver tus ojos
llenos de felicidad delante de mí

con que te pudieses apoyar en mis brazos
en tus días más tristes
con que fuese yo
esa sonrisa tuya de alivio
de calma
y de paz

6.

odio tener a las personas que quiero lejos
aunque la distancia
me abra mucho más el corazón y los ojos,
haciéndome ver quién de verdad me importa
y quien no.

la distancia te deja ese vacío..
esa necesidad de abrazar a esa persona,
esas ganas de verla reír,
esas ganas de tenerla cerca y no poder.
tener que conformarte con un mensaje,
con una foto..

cuando uno se va lejos,
se da cuenta de las únicas personas
que tiene de verdad, las que te recuerdan,
las que te preguntan siempre que pueden
- qué tal estás, - cómo te va,
- ojalá vuelvas pronto

estas pequeñas palabras
marcan la diferencia entre unas personas y otras,
por muy simples que parezcan,
una persona que está lejos de otra,
al escucharlas, se siente realmente lleno.

7.

todavía queda de ti
por mi vida
y por mi cama
tu ropa interior entre las sábanas
y los gritos entre el silencio
que todavía no se han ido

8.

hoy me he despertado feliz
y con ganas de verte
quiero decirte a los ojos
que eres lo mejor de mi vida
una vez más

9.

cuando estamos juntos
la vida es como un baile

yo no sé bailar
pero me encanta vivir
contigo

10.

conocí el amor
cuando dejé de verte

las personas apreciamos
las cosas cuando pensamos
que no vamos a volver
a tenerlas cerca nunca más

es una pena
que empezase a quererte de verdad
a partir de ahí

tuve miedo
de perderte para siempre
el miedo
    me abrió los ojos

y ahora que los tengo abiertos
sé que nunca
te voy a poder olvidar

ojalá
seas feliz
toda la vida

ojalá
nunca nadie
te haga daño

ojalá
nadie te quite
la sonrisa

*

ojalá
algún día
sepas y entiendas
todo lo que siento
por ti

el amor es algo
de todos los días
es como regar una planta
un árbol, una flor

yo te recuerdo siempre
y en cada minuto pienso en ti
en cuándo nos volveremos a ver
para que me sonrías
de nuevo

yo
te quiero
de todas las maneras
que existen

te quiero
con el corazón
te quiero con las manos
y te quiero con los labios

te quiero
en la enfermedad
y en la salud
cuando estás en mi cama
y también en la distancia

te quiero
de mil maneras

te quiero
todos los días

te quiero
para siempre

y te quiero
en todos los idiomas

Printed in Great Britain
by Amazon